Hisamu Oto

La fleur du démon

4

4

INTRODUCTION

Poussé par l'ennui, le prince démoniaque **Bibi** a décidé de quitter les enfers pour s'établir dans le monde des humains. Là, il recueille une petite fille qu'il nomme **Hana** et qui va devenir le centre de sa vie. Les années passent, et les hautes sphères des enfers veulent rappeler auprès d'elles leur héritier. Entre son amour pour Hana et toutes les tentatives plus machiavéliques les unes que les autres pour le faire plier, Bibi a fort à faire ! D'ailleurs, **Klaus**, le démon vindicatif qui a été chargé de ramener le prince, a trouvé une faille qu'il compte bien exploiter. Puisque Hana est ce qui retient le dauphin sur Terre, il la transforme en ce que Bibi déteste le plus : un chat !

SOMMAIRE

PRÉSENTATION DES PERSONNAGES

BIBI

Démon résidant dans le monde des humains. Âge terrien estimé à 200 ans. Titre de noblesse : duc.

HANA

Jeune fille recueillie aux portes de la résidence de Bibi. Âge actuel : 14 ans. Adore Bibi. ♥

FERTEN

Démon ami de Bibi. Grand amateur de la gent féminine.

ÉLINORE

Fiancée de Ferten.

TONY

Démon valet de Bibi.

KLAUS

Démon chargé de ramener Bibi aux enfers.

MOMO TANIZAKI

Jeune humain et fils de fleuriste. Porte un intérêt particulier à Hana.

AYAME NIJÔ

Fournisseuse humaine de sang pour Bibi.

SUPPLÉMENT : LA FLEUR DE TONY 4
あはは
うふふ
AH, HA, HA ! OUH, HOU, HOU...
BONJOUR, C'EST TONY !!
MAIS OUI : TONY ! ☆ CELUI-LÀ MÊME QUI N'A QUE DEUX PETITES LIGNES DANS LA PRÉSENTATION DES PERSONNAGES DU MAGAZINE.
VALET DE BIBI. C'EST LA SEULE ET UNIQUE PERSONNE QUI PEUT SE PERMETTRE DE FAIRE DES REMARQUES À SON MAÎTRE.
BON, L'ILLUSTRATION, ELLE, N'A PAS CHANGÉ...
TOUT LE DÉBUT DE CE VOLUME ME MET EN AVANT ET CELA SE POURSUIT MÊME AVEC *LA FLEUR DE TONY*.
J'AI L'IMPRESSION QUE J'AI LE VENT EN POUPE...
GNIH HI HI !
BIEEEN... PROFITONS DE CETTE VAGUE D'ENTHOUSIASME POUR VOUS PRÉSENTER MON COURRIER DES LECTEURS.
HUM ...
ÔTEZ-MOI D'UN DOUTE : TONY EST BIEN UN HOMME ? AU DÉBUT, JE PENSAIS QUE C'ÉTAIT UNE FEMME... J'AI PU EN AVOIR LE CŒUR NET, PARCE QUE DANS LE CD DRAMA, IL AVAIT UNE VOIX D'HOMME. C'EST TONY, OU TONI ?
...
C'EST DINGUE, ILS N'ARRIVENT MÊME PAS À DÉTERMINER MON SEXE...
(NOTE DE L'AUTEUR : C'EST VRAI, J'AI FAIT UNE ERREUR DE GRAPHIE PAGE 52 DU VOLUME 1. CETTE ERREUR A ÉTÉ CORRIGÉE AU COURS DE LA 5ème RÉÉDITION... NAVRÉE POUR TOUT CECI !)
AH... MAIS NON, MAIS NON. JE NE PLEURE PAS...
BIEN, ALORS PAR ICI POUR *LA FLEUR DE TONY*...

CHAPITRE 18
BONJOUR À VOUS TOUS ! C'EST UN MATIN FRISQUET.
FRUSH
がさっ
OUPS, DÉSOLÉ. AVEC CE SAC SUR LA TÊTE, JE SAIS, PERSONNE NE PEUT ME RECONNAÎTRE !
FRSH
がさがさ
FRSH
C'EST MÔA !
QUOI ? MÊME SANS, VOUS NE ME REMETTEZ PAS ?!
ICI PAR EXEMPLE...
C'EST... MAIS JE SUIS SOUVENT LÀ, POURTANT ! L'AIR DE RIEN !
ET LÀ AUSSI ... ★
AH, JE SAIS ! VOICI UNE SCÈNE DANS LAQUELLE JE BRILLE VRAIMENT !
えぇー
ET AU FAIT ! MOI, C'EST TONY ! PAS TONI, DONNY OU DINO !! ☆
C'EST SI DUR À RETENIR ?! EN PLUS DONNY, ÇA N'EXISTE MÊME PAS !
AAAAH ?!

LA FLEUR DE TONY
CHAPITRE 18
La fleur du démon

JE REPRENDS : BONJOUR ! C'EST MOI, TONY !
ET AU CAS OÙ VOUS VOUDRIEZ LE SAVOIR, JE PORTE CE SAC POUR NE PAS TOUCHER PAR INADVERTANCE MES PRÉCIEUSES FLEURS.
FRUSH
がさっ
POURQUOI ME DIREZ-VOUS ? EH BIEN…
… PARCE QU'AUJOURD'HUI, J'AI 200 ANS !! (EN TOUTE SIMPLICITÉ !!!)
BON, LES 200 ANS DE MONSEIGNEUR BIBI ONT ÉTÉ CÉLÉBRÉS EN GRANDE POMPE…
… MAIS C'EST PAS COMME ÇA POUR LES DÉMONS MOYENS COMME MOI.
TADAM !
MAIS BON, CE N'EST PAS TOUS LES JOURS, ET JE PROFITE DU SOMMEIL DE MONSEIGNEUR BIBI POUR DÉTOURNER UN CHAPITRE À MON COMPTE !
OUAAAH ! IL VA Y AVOIR DU RECADRAGE APRÈS ÇA !

J'AI VU LE JOUR DANS UNE LIGNÉE QUI EST AU SERVICE DE LA FAMILLE DE BIBI DEPUIS BIEN LONGTEMPS...
LE PRÉNOM « TONY » TIRE SON ORIGINE DU MARAIS DERRIÈRE LA MAISON... MAIS PEU IMPORTE.
MA FAMILLE EST COMPOSÉE DE... AUCUN RAPPORT...
BIEN, COMMENÇONS PAR CETTE ANNÉE OÙ À MÊME PAS DIX ANS, JE ME SUIS MIS AU SERVICE DE MONSEIGNEUR BIBI QUI AVAIT ALORS LE MÊME ÂGE...
MONSEIGNEUR BIBI ! JE M'AP-PELLE TONY, ET À PARTIR DE MAINTENANT, JE SUIS À VOS ORDRES !
EN... ENCHANTÉ !

... SANS BLAGUE...
T'ES JUSTE UN MÔME...
JUSQU'ALORS, JE NE L'AVAIS OBSERVÉ QUE DE LOIN, MAIS LÀ...
HURK...

TROP LUGUBRE...
IL EST AURÉOLÉ D'UNE SORTE D'AURA SOMBRE. VOILÀ DONC LE FAMEUX BIBI ?
IL PARAÎT QUE JUSQU'À PRÉSENT, ON NE LUI A JAMAIS ASSIGNÉ UN VALET PLUS D'UN MOIS...
AH, LÀ, LÀ, ILS N'ONT PLUS RIEN D'AUTRE QUE DES MÔMES À M'ENVOYER ?
ET C'EST CET AVORTON QUI DIT ÇA ?!
BIEN, TONY...
BLOF !
LACE MES CHAUSSURES !
B... BIEN...
DWACK

1

BONJOUR ! C'EST, MOI, HISAMU OTO ! JE VOUS REMERCIE SINCÈREMENT D'AVOIR ACQUIS CE 4ème VOLUME DE LA FLEUR DU DÉMON. DÉJÀ LE 4ème VOLUME, C'EST SI RAPIDE ! LE FEUILLETON A COMMENCÉ IL Y A PLUS D'UN AN, MAIS JE NE SUIS TOUJOURS PAS HABITUÉE. À CHAQUE FOIS, C'EST LE BRANLE-BAS DE COMBAT. À BIEN Y REGARDER, JE ME RENDS COMPTE QUE JE DOIS RENDRE 60 PAGES PAR MOIS ! LA SEULE IDÉE ME FAIT BLÊMIR, MAIS GRÂCE AU SOUTIEN DE MON PRÉCIEUX ENTOURAGE, J'Y ARRIVE À CHAQUE FOIS. MERCI À VOUS TOUS ! JE VAIS FAIRE DE MON MIEUX POUR GAGNER EN AUTONOMIE ET EN INDÉPENDANCE... OUH, LÀ, J'AI DÉJÀ L'IMPRESSION D'ÊTRE AU MOMENT DE LA CLÔTURE...

ON DORT DANS SON LIT !
NON MAIS ! C'EST QUOI CES MANIÈRES DE SE VAUTRER N'IMPORTE OÙ ?! C'EST INDIGNE !
CES PAROLES M'AVAIENT ÉCHAPPÉ. J'AVAIS ACQUIS UNE DISCIPLINE STRICTE DEPUIS MON ENFANCE PASSÉE DANS UNE LIGNÉE AU SERVICE DE CELLE DE BIBI…
HA !
はっ
AH… HUM… JE ME SUIS EMPORTÉ…
TOUT LE MONDE M'A TOUJOURS OBÉI AU DOIGT ET À L'ŒIL…
… MAIS LE TEMPS DE M'EN RENDRE COMPTE, IL ÉTAIT TROP TARD…
TAK
DWACK !

TU AS DU CRAN DE NE PAS TE PROSTERNER DEVANT MOI !!
TRÈS BIEN ! TU ME CHERCHES, TU M'AS TROUVÉ !
MAIS NON, JE NE VOUS CHERCHAIS PAS DU TOUT, DU TOUT !
CRRR CRCR
CRRR CRCR
GYARGH !
ET C'EST AINSI QUE LE RIDEAU S'EST LEVÉ SUR UN ENFER QUOTIDIEN…
AH NON ! ON NE FAIT PAS LE DIFFICILE !
ON MANGE ÉQUILIBRÉ.
ALLEZ ! VITE, AU LIT, OU VOUS NE POURREZ PAS VOUS LEVER DEMAIN !
BAH, VA DORMIR LÀ POUR VOIR !!
BON… J'ADMETS QUE POUR MOITIÉ, C'EST MOI QUI ME LAISSE ALLER À DE PETITES REMARQUES MAL VENUES…

PEUT-ÊTRE QUE CETTE PROPENSION À FAIRE DE PETITES REMARQUES ME VENAIT DE MA FAMILLE...
DEPUIS QUE MON GRAND-PÈRE ÉTAIT ENTRÉ AU SERVICE DE LA MAISON DE MON MAÎTRE, TOUTE MA FAMILLE FAISAIT DE MÊME...
AH BON ? TU ES DONC LE PETIT-FILS DE CE VIEUX DÉBRIS ?
OUI !
JE ME DISAIS BIEN ! CETTE FAÇON DE TOUJOURS FAIRE LA MORALE, C'EST TOUT LUI...
JE L'ADMIRE !
MON BUT, C'EST DE DEVENIR COMME LUI !
JE VEUX DEVENIR UN SERVITEUR AUSSI COMPÉTENT QUE LUI !
AVEC DEUX COMME VOUS, ON N'Y SURVIVRA PAS !

ON DÉCROISE LES JAMBES, MONSEIGNEUR BIBI ! C'EST VULGAIRE.
OUUUH...
VOUS ÊTES LES SEULS À OSER ME REMETTRE À MA PLACE...
... ÇA ME FATIGUE !
POUR FAIRE SIMPLE, LA MAISON DE MON MAÎTRE DESCENDAIT DIRECTEMENT DES PRINCES DÉMONIA-QUES.
UNE LIGNÉE PROMISE À ENGENDRER LE ROI DES ENFERS SUIVANT.

MALGRÉ SON TRÈS JEUNE ÂGE, BIBI ÉTAIT FORTEMENT PRESSENTI POUR LA FONCTION...
... ET C'EST SANS DOUTE POUR CELA QUE TOUT LE MONDE SE PROSTERNAIT DEVANT LUI.
TRÈS CERTAINEMENT CE COMPORTEMENT DEVAIT DÉJÀ PESER SUR SES JEUNES ÉPAULES...
GTCHACK !
ガチャ
BON... AUJOURD'HUI, MONSEIGNEUR BIBI A ÉTÉ ENVOYÉ À L'OUEST POUR MATER LA RÉVOLTE... IL DEVRAIT DONC RENTRER TARD...
JE FERAIS QUAND MÊME MIEUX DE PRÉPARER SON BAIN...
CLANG...
MONSEIGNEUR BIBI !
VOUS ÉTIEZ DONC DÉJÀ L...

NON...
JE VIENS À PEINE D'ARRIVER.
QU...

HIIII !
C'EST QUOI TOUT CE SANG ?!
OH, ÇA... JE ME SUIS PRIS DU SANG ARTÉRIEL EN PLEIN VISAGE...
TIENS ! UN SOUVENIR.
HIIIIIARGH ! C'EST QUOI CETTE HORREUR ?!
LE BRAS OU LA JAMBE D'UN DÉMON INFÉRIEUR, JE NE SAIS PLUS...
J'EN VEUX PAS !
VOUS ÊTES RENTRÉ BIEN VITE. UNE VICTOIRE FACILE ?
ÉVIDEMMENT !
DU COUP, JE VAIS ÊTRE ANOBLI...
AH BON ?! MAIS C'EST MERVEILLEUX !
VOUS SEREZ LE PLUS JEUNE DÉMON ANOBLI DE L'HISTOIRE !
C'EST CE QU'ON DIT...
OUAAH !
ÇA TE FAIT PLAISIR ?
BIEN SÛR ! LA GLOIRE DES MAÎTRES REJAILLIT SUR LEURS SERVITEURS...
EH BIEN MOI...

QUAND JE PENSE QUE ÇA NE M'INTÉRESSE PAS !
... ÇA NE M'AMUSE PAS DU TOUT.
JE SUIS FATIGUÉ. JE VAIS AU LIT.
はしっ
BLOF !
AH NON ! LAISSE-MOI DORMIR !
PAS QUESTION ! D'ABORD, VOUS ALLEZ VOUS LAVER DE CE SANG !
AH NON, J'AI SOM-MEIL !
ぽいぽい
HOP ! HOP !
JE M'OCCUPE DE TOUT.
DODO ...
MAIS OUI, MAIS OUI !
ずるずる
ZRF ZRF
シャー!
SHAAF...

PFF... DÉCIDÉMENT, TU ES INSUP-PORTABLE...
MAIS OUI, SI C'ÉTAIT VRAI, CELA FERAIT DES ANNÉES QU'IL NOUS AURAIT TOUS RENVOYÉS, MON GRAND-PÈRE, MA FAMILLE ET MOI...

... MAIS IL S'EN EST BIEN GARDÉ AU COURS DES CENTAINES D'ANNÉES QUI ONT SUIVI...
BIEN AU CONTRAIRE ...
QUOI ?! ALLER SUR TERRE ? POURQUOI ?
PARCE QUE JE M'ENNUIE, ÉVIDEMMENT !
AH NON ! SANS MOI !
PIF !
OUUUH ...
GNNH ! GNNH !
NON SEULEMENT IL M'A TRAÎNÉ DE FORCE SUR TERRE...
C'EST ICI QUE NOUS NOUS INSTALLERONS. J'AI PRIS MA RÉSIDENCE SECONDAIRE AVEC NOUS...
MAIS... MONSEIGNEUR BIBI ! ELLE JURE DANS LE PAYSAGE !
AH ?

MONSEIGNEUR BIBI ! DES FLEURS ! DES FLEURS ! ELLES SONT AUSSI BELLES QUE CE QU'ON DISAIT !
OUH, MES PAUVRES YEUX... C'EST QUOI ÇA ? J'AI DÉJÀ ENVIE DE RENTRER...
LE PERSONNEL AVAIT ÉGALEMENT ÉTÉ RECRUTÉ AUX ENFERS ET S'ÉTAIT INSTALLÉ SUR TERRE.
BON, CHEF, GOUVERNANTE, VALET... MH ?
MONSEIGNEUR BIBI ! NOUS N'AVONS PAS DE MAJORDOME DIGNE DE CE NOM...
C'EST ÉVIDENT QUE C'EST TON RÔLE !
QUOI ? M-M-M-MAIS JE NE PEUX PAS ! ON NE DEVIENT PAS MAJORDO...
にや
QU'EST-CE QUE TU DISAIS DÉJÀ ?
NIARF !
HEIN ?
« ... MON BUT, C'EST DE DEVENIR COMME MON GRAND-PÈRE. » C'EST ÇA ? ARRÊTE DE PARLER, AGIS !
かー
BLUSH !

VOUS VOUS SOUVENIEZ DE CETTE VIEILLE HISTOIRE ?
BREF... JE TE CONFIE MA RÉSIDENCE !
C'EST TOI QUE JE VEUX !
FINI DE TERGIVER-SER. AU BOULOT !
...

ET L'ANNÉE SUIVANTE, NOUS AVONS RECUEILLI LA PLUS IMPROBABLE DES CRÉATURES...
... CE QUI A, JE PENSE, LÉGÈREMENT CHANGÉ MONSEIGNEUR BIBI...
PERSONNELLEMENT, J'AI APPRIS À ME MODÉRER...
... ET C'EST AINSI QUE NOUS AVONS ATTEINT NOTRE 200ÈME ANNÉE.
OUAH... MAIS JE N'EN FINIS PLUS DE DIGRESSER...
FRUSH !
MH ? C'EST MOI, OU JE PARLE PLUS DE MONSEIGNEUR BIBI QUE DE MOI ?
BON... PAR UN PAISIBLE MATIN D'ANNIVERSAIRE COMME CELUI-CI, JE PENSE QUE ÇA NE FAIT PAS DE MAL...
QUOI ?!

AH TIENS ? MADEMOI-SELLE HANA ? BONJOUR !
BONJOUR …
かさっ
FRUSH !
HUM …
C'EST TON ANNIVER-SAIRE, TONY ?!
EH OUI ! ÇA ME FAIT 200 ANS, COMME MON-SEIGNEUR BIBI.

AH NON ! POUR MON ANNI-VERSAIRE, TU AS PRÉPARÉ UN VRAI FESTIN.
OH, LÀ, LÀ ! MAIS IL FAUT FÊTER ÇA !
NON, NON, CE N'EST PAS NÉCES-SAIRE.
IL FAUT PRÉVENIR TOUT LE MONDE.
ET AUSSI FERTEN ET ÉLINORE.
AH... ET JE VAIS RÉVEILLER BIBI !
INUTILE... IL NE SE DÉRANGERA JAMAIS POUR MON ANNIV...
J'ARRIVE !

QUEL TEMPS RADIEUX ...
MONSEIGNEUR BIBI...
... ÇA AUSSI, JE VOUS LE DOIS...
VOUS NE M'AVEZ JAMAIS RENVOYÉ...
... ET VOUS M'AVEZ CONFIÉ VOTRE RÉSIDENCE...
ALLEZ ! C'EST PAR ICI.
... ET AUSSI...

... VOUS M'AVEZ EMMENÉ DANS CE MONDE MAGNIFIQUE RECOUVERT DE FLEURS...

IL Y A TROP DE LUMIÈRE ! JE VAIS T'AP-PRENDRE, MOI !
CRRC
... DÉSOLÉ...
JE N'AURAIS PAS DÛ NAÎTRE CE JOUR...
CRRC
CRRC
BIEN, ET POUR FÊTER CES 200 ANNÉES...
JOYEUX ANNIVERSAIRE, TONY !!
HOURRA !
MERCI À TOUS !
BUZZ
TONY !
BUZZ
MADEMOI-SELLE HANA ?

Ô, MADE-MOISELLE HANA !
AH... QUELLE CHANCE !
CE SONT DES FLEURS QUE J'AI PLANTÉES COMME TU ME L'AS APPRIS...
ELLES SONT MAGNIFIQUES ! MERCI !
TONY !
JOYEUX ANNIVER-SAIRE !
ちゅ
BIZZ !

AH, LÀ, LÀ...
MADE-MOI-SELLE HANA !
J'AR-RIVE !
HÉÉÉ !
TAP TAP
たた
ON NE S'EMBALLE PAS !!
ALLONS, ALLONS, BIBI !
MAIS NON ! PAS DU TOUT !
CRRRC ! CRRRC !
BIBI...
NE ME DIS PAS QUE...

... HANA NE T'A JAMAIS EMBRASSÉ ?
HEIN ?!
SCRITCH
AH, HA, HA, HA !! C'ÉTAIT DONC POUR ÇA QUE TU ÉTAIS SI FÂCHÉ CONTRE MOI QUAND MISS DEUZIO M'A EMBRASSÉ ?!
CRC
CRAC
...
EN FAIT SI, MAIS C'EST UN SECRET !
ALORS COMME ÇA, J'AI EU LE DROIT À UN BAISER AVANT MONSEIGNEUR BIBI ?
ALORS ÇA...

… JE ME SENS TELLEMENT SUPÉRIEUR !
GRRÔÔ…
イラッ
BIBI ? QU'EST-CE QUE TU AS ?
MAL AUX YEUX ? TU ES FATIGUÉ ?
… OH, RIEN…
HANA ! IL NE SUPPORTE TOUT SIMPLEMENT PAS QUE TU AIES OFFERT UN AUSSI FORMIDABLE CADEAU À TONY.
ははは
AH HA HA !
SILENCE, FERTEN !
AH ? C'EST VRAI ? TOI AUSSI, TU EN VOULAIS, BIBI ?
D'ACCORD !

TIENS ! CE SONT DES FLEURS QUE J'AI PLANTÉES MOI-MÊME !
MAIS NOOOON, TRIPLE BUSE !!
AH, HA, HA, HA, HA !!
ET VOILÀ. JE SAIS QUE MON HISTOIRE EST UN PEU BROUILLONNE, MAIS C'EST AINSI QUE SE TERMINE *LA FLEUR DE TONY*.
JE COULE DES JOURS HEUREUX SUR TERRE.
… ENFIN PEUT-ÊTRE …
AH HA HA HA
あははは
KYAH KYAH !
きゃ きゃ
…

CHAPITRE 19

SUPPLÉMENT : JOYEUX NOËL !
CETTE ILLUSTRATION A ÉTÉ REFUSÉE. JE L'AVAIS FAITE POUR LA TOUTE PREMIÈRE PARUTION DU FEUILLETON, ET COMME MON RESPONSABLE M'AVAIT DIT : « ... C'EST POUR LE NUMÉRO DE NOËL ! » PUISQUE JE L'AVAIS ENCRÉE, J'EN PROFITE POUR LA PUBLIER... DU RECYCLAGE, QUOI...

MOMO !
MOMO !
谷崎生花店
RHÔ ! MOI QUI VOULAIS LE CHARGER DES LIVRAISONS...
DERNIÈREMENT, IL PASSE SON TEMPS DEHORS...
ZRAP
MAIS OÙ EST-IL DONC TOUJOURS FOURRÉ ?
GIARG !
GIARG !

… PFF, C'EST LOIN, ET EN PLUS, ÇA MONTE !
UN SENTIER DE MON-TAGNE, OUI !
ガラガラ
RATTLE
RATTLE
TIENS, C'EST TOI, MOMO ?
ガラ
RATTLE
ガラ
RATTLE
TU VEUX QU'ON TE DÉPOSE ?
ガラ
RATTLE
ガラ
RATTLE
… NAVRÉ, HEIN…
AH, HA, HA ! CE N'EST RIEN. ET PUIS, C'EST PAS PRATIQUE ICI.
ÇA NOUS ARRAN-GERAIT QUE BIBI DAIGNE HABITER PLUS PRÈS DE LA VILLE…

2

PARLONS DE LOGO

LA FLEUR DE TONY

↑

VOICI LE FORMIDABLE LOGO QUI FAIT L'OUVERTURE DE LA FLEUR DE TONY, ET QUI A ÉTÉ CRÉÉ PAR A, MA TRÈS PRÉCIEUSE AIDE. QUELLE BELLE TYPOGRAPHIE ! MERCI ! J'ESPÈRE QUE JE POURRAI LA RÉUTILISER UN DE CES JOURS. UNE SEULE FOIS, C'EST VRAIMENT DU GÂCHIS... TROP DE GÂCHIS !!

JE ME DEMANDAIS JUSTE POURQUOI HANA ÉTAIT AUSSI ATTACHÉE À LUI…
AH, HA, HA, HA ! JE VOIS…
TOI, TU AS UN FAIBLE POUR ELLE…
MAIS NON, ELLE NE ME PLAÎT PAS VRAIMENT…
ELLE EST ÉTRANGE, ET ÇA M'INTRIGUE.
MOMO, TU NE SERAIS PAS…
EST-CE QUE TU PEUX ME GARANTIR QUE QUOI QUE TU APPRENNES À PARTIR DE MAINTENANT…
… TU L'AIMERAS TOUJOURS ?
QU…
QU'EST-CE QUE …
OH, C'EST JUSTE QUE…

... JE T'ASSURE JUSTE DE MON SOUTIEN POUR TON HISTOIRE AVEC ELLE.
AH, MAIS NON ! C'EST PAS CE QUE VOUS CROYEZ !!
AH HA HA !
ははは
L'HEURE DES ÉTUDES EST FINIE, JE VAIS ALLER VOIR BIBI...
MIAH ...
MH ?
ゴポッ
PLOTCH
ズズ
ZRBT...
BON-JOUR, GAMINE !

ÇA FAISAIT LONGTEMPS !
TOUJOURS CETTE MÊME FACE DE CRÉTINE !
GWUTCH
GWUTCH
OUAH ! ÇA VA PAS LA TÊTE, IDIOTE ?
MAIS STOP EUH !
TU ES ENCORE LÀ POUR NOUS EMBÊTER, BIBI ET MOI !
OUSTE !
TSKT ! ELLE A RETENU LA LEÇON...
TU M'AS ENTENDUE ?
AU RE-VOIR !
ギャーギャー
GYAH !
GYAH !
ATTENDS ...

ATTENTION !
ZRT ZRT...
C'EST QUOI CE COMPORTEMENT ?
MAIS DIS, LA PARENTHÈSE OREILLES DE CHAT EST POURTANT FERMÉE...
JE NE SAVAIS PAS QUE TU AIMAIS TANT LES FÉLINS, KLAUS.
ARRÊTE DE SOUS-ENTENDRE QUE JE FAIS ÇA PAR PLAISIR !
JE VIENS À PEINE DE RÉUSSIR À RETROUVER MON ASPECT NORMAL APRÈS QUE BIBI M'A TRANSFORMÉ PENDANT LA FÊTE DE SON ANNIVERSAIRE !
CETTE HISTOIRE EST PEUT-ÊTRE FINIE POUR VOUS, MOI, JE SUIS EN PHASE DE TRANSITION ! TROP EXASPÉRANT !
OH, MOI JE TROUVE QU'IL A DE LA CHANCE, J'AIMERAIS BIEN AVOIR CES OREILLES.
...
LOVE...
TOI AUSSI, TU VEUX DES OREILLES DE CHAT ?

OH OUI !
GLOP
HOP !
C'EST QUOI ? UN BONBON ?
GLOP ...
ET L'AUTRE, C'EST POUR TOI ! AVALE !
KOF !
HOP !
GLOP !
ET VOILÀ, TU ES UN CHAT, COMME TU LE DÉSIRAIS !
HEIN ?
? ?
PLOF !

HEIN ? POURQUOI JE ME VOIS ?
?
?
C'EST BIEN MOI, LÀ ?!
HEEEIN ?!
TAK !
OUH, HA, HA, HA !

C'EST UNE POTION QUE MICHAËL M'A CONSEILLÉE POUR TRANSFÉRER L'ESPRIT DANS LE CORPS D'UN CHAT.
VOILÀ MA DOUCE VENGEANCE POUR TOUTES LES VEXATIONS QUE BIBI M'A FAIT SUBIR !
AARGH !
BIEN FAIT POUR TOI, BIBI !! VOILÀ CE QUE JE FAIS DE CETTE GAMINE QUI TE PLAÎT TANT !
PLIC PLIC !
UN DE CES CHATS QUE TU DÉTESTES !

CETTE FOIS-CI, LA VICTOIRE EST À MOI !
ははは
AH HA HA !
AH, C'EST TROP DRÔLE !
カツカツ
TAK TAK TAK TAK
IMPOSSIBLE DE PARLER !
すたすた
TAP TAP
HEIN ? QUOI ? OÙ TU VAS, LE CHAT ?
OUAH... QUE FAIRE ?
OUH...
ET QUI SAIT CE QUE VA FAIRE LE CHAT ?
ATTENDS !!

BIBI !
QU'EST-CE QUE TU AS ? TU ES TERRI-BLEMENT CALME AUJOURD'HUI ...
HÉ ! PAS SUR MES GENOUX !
SIMULACRE DE HANA
MAIS NON, BIBI !
CE N'EST PAS MOI !
GWIP !

OUAAAH ! VILAIN CHAT ! C'EST PAS BIEN !!
SIMULACRE DE HANA
HÉ ! DOUCEMENT !
RON-RON
PAS QUESTION DE ME LAISSER ÉVINCER !
DES FLEURS ! VITE, DES FLEURS À LUI DONNER !
BIEN ! J'EN AI !
HÉÉÉ ! STOOP ! TU N'AS PAS LE DROIT !
? ?
C'EST BIZARRE. CE CHAT EST POURTANT TRÈS CALME D'HABITUDE ...
QU'EST-CE QUI LUI PREND ?

ET VOILÀ ! JE VAIS POUVOIR L'OFFRIR À BIBI !
CROC...
ボロッ
ボロボロ
FRUSH FRUSH...
AH, MAIS OUI. CE CHAT NOUS VIENT DES ENFERS, ET DONC LES FLEURS SE FANENT À SON CONTACT...
とぼとぼ
TUP TUP
OUAAAAAAAAAAAAH !!
PÉNIBLE...

QUOI ? DIRE QUE MOI, JE N'AI JAMAIS PU DORMIR LA TÊTE SUR SES GENOUX !
ふるふる
BRRT BRRT
OH NON... C'EST HORRIBLE ! BIBI ! LE CHAT...
にゃーにゃー
MIAH MIAH !
MH ?
HÉ, SALE MATOU ! NE M'APPROCHE PAS ! OUSTE ! TU ME DÉGOÛTES !
とぼ‥
TOP...
OUH, HOU, HOU !

ぎゃはははは
GYAH HA HA HA !
QUEL CRÉTIN, CE BIBI ! SI J'AVAIS SU QUE JE ME DÉBARRASSERAIS DE LUI EN LUI METTANT UN CHAT SUR LES GENOUX ! ÔÔO... C'EST TROP DE BONHEUR !
WOB
ふら
WOB
ふら
FWOP !
ぱち
むく
HOOF !
FANTAISIE
AH ÇA !
QUELLE DRÔLE DE COMPAGNIE !

BON-JOUR !
ON S'EST JUSTE CROISÉS SUR LE CHEMIN...
B'JOUR ...
BIBI EST DANS LE SALON ?
OUI.
... HUM...
OUI ? QUE PUIS-JE POUR VOUS ?
LE BÉBÉ SUR CETTE PHOTO, CE NE SERAIT PAS HANA ?
OÙ ÇA ? AH OUI, C'ÉTAIT QUAND ON L'A RECUEILL... EUH À SA NAISSANCE.

MINUS-CULE !!
ET LÀ, C'EST À 4 ANS…
… ET À 7…
WOUB
ほろり
ELLE EST ADORABLE, NON ? NOUS NE VOULIONS SURTOUT PAS QUE NOTRE PAUVRE PETITE MADEMOISELLE SE SENTE TRISTE LOIN DE SES PARENTS.
うゅー
OUAH !
TOUT LE PERSONNEL L'A TRAITÉE COMME SI ELLE ÉTAIT SA VRAIE PETITE FILLE.
AH BOOON ?
HEIN ? MAIS PAR RAPPORT À CETTE PHOTO, VOUS N'AVEZ PAS DU TOUT CHANGÉ…
!!!
はっ
OUAH !
C'EST LOUCHE, NON ?!
GNN…
じー
MH ? HEIN ?
HO ! ATTENTION, MONSIEUR TANIZAKI, FERTEN S'EN VA !
OUAAH… DÉSOLÉ…
TOP TOP
てて
OUH… C'ÉTAIT MOINS UNE. JE ME SUIS LAISSÉ ALLER…
IL VA FALLOIR ÔTER CES PHOTOS DU MUR…
QUE FAIRE ?

ET S'IL N'ÉTAIT PAS POSSIBLE DE REVENIR AU MOMENT OÙ PERSONNE NE S'EN ÉTAIT RENDU COMPTE ?
とぼとぼ
TOP TOP !
HÉÉÉ ! VOILÀ LE MATOU...
FERTEN !
ÇA VA ?
ÉLINORE ! MOMO !
ぼろっ
SNRF...
PARDON ! JE PROMETS DE NE PLUS FAIRE DE CAPRICE, DU GENRE « JE VEUX DES OREILLES DE CHAT. » !
SNRF...
ぼろ
SNRF...
ぼろ
... ALORS S'IL VOUS PLAÎT, LEVEZ CE SORT !

RESTER AINSI SANS POUVOIR PARLER À BIBI, FERTEN ET TOUS LES AUTRES C'EST INTOLÉRABLE... JE NE LE SUPPORTERAI PAS.
SNRF SNRF...
ほとほと
AH, HA, HA ! QU'EST-CE QUE TU AS ?
IL A PEUT-ÊTRE MAL AUX YEUX ?
MMH ...
JE NE SUIS PAS SPÉCIALISTE DES ANIMAUX, ALORS...
?!
MAIS QU'EST-CE QU'ELLE FABRIQUE ?

TAP !
HÉÉÉ !
ÇA NE VA PAS DE DORMIR ICI ?
...
THOP...
ELLE A L'AIR TELLEMENT CALME...
ZRAF...

HÉ, FERTEN ! DÉBARRASSE-TOI D'ABORD DE CETTE CHOSE AVANT DE VENIR ME VOIR !
IL N'ARRÊTE PAS DE PLEURER...
LE PAUVRE...
SNARF
ほろほろ
SNARF
IL EST PEUT-ÊTRE MALADE.
MH ? MALADE ?
PF...
はー
PFF...
HOP !
ひょい

TU N'ES VRAIMENT...
... QU'UNE PLEURNI-CHEUSE !!
FLP !
?
HEIN ?
ELLE EST JUSTE VEXÉE. CE N'EST PAS LA PEINE DE PLEURER, IL SUFFIT DE LUI RENDRE SON ASPECT NORMAL !
HÉÉÉ ! TU EN AS EU ASSEZ COMME ÇA ? SORS DE LÀ !

KLAUS !!
BAM !
TU... VOUS VOUS EN ÊTES APERÇU ?!
J'AI TOUJOURS DU MAL AVEC TOI, ALORS J'AI DÉCIDÉ DE JOUER LE JEU UN MOMENT...
COMMENT VOUS AVEZ SU ?
GROAR !
IMBÉCILE ! J'AI SENTI TA PRÉSENCE AU MOMENT MÊME OÙ TU ES ENTRÉ DANS MA RÉSIDENCE.
MAIS QU'EST-CE QU'IL FABRIQUE ?
HA ? C'EST TOI, HANA ?
MIAH ...
MOI, CE QUE JE VEUX SAV...
ET TOUT D'ABORD ...
COMMENT AS-TU PU T'IMAGINER...
... QUE J'ALLAIS CONFONDRE HANA AVEC UN CHAT ?

Ô, BIBI !
BLIP !
ぴりっ
BLONG !
ぼんっ
BIBI !
ALLONS, ALLONS !

J'AI EU TELLEMENT PEUR !
PFF...
ON T'A ENCORE FAIT AVALER UNE DE CES POTIONS BIZARRES DE MICHAËL...
ALORS, KLAUS ?
TU PEUX M'EXPLIQUER À QUOI TU JOUES ?
C'EST FINI ! SINON, JE VAIS DEVOIR TIRER TES OREILLES DE CHAT !
À QUI LA FAUTE, HEIN ?! C'EST TÔA QUI M'AS FAIT ÇA !
AH BON ?
MF... VOUS SAVIEZ DEPUIS LE DÉBUT ? VRAIMENT ?
TOUJOURS PAREIL, À SE FICHER DE LA TÊTE DES AUTRES, HEIN ?!
JE NE VOULAIS PAS EN ARRIVER LÀ, MAIS...
GNIRF !
!
EST-CE QUE VOUS RÉALISEZ, MONSEIGNEUR BIBI, QUE JE SUIS UN CHAT, LÀ ?
NON... MINU...

BLAM !
GNIIIIIIIIH !!
ESPÈCE DE TARÉ ! TU VAS ME LÂCHER, OUI ?
KYAH, HA, HA ! TU AS PEUR, HEIN ? TU AS PEUR DE MOI, BIBI !
GYAH !
GYAH !
AH, HA, HA ! KLAUS EST FURIBARD !
...
BLIF !
AH, AU FAIT...
... ET LE CHAT ? IL A RETROUVÉ SON APPARENCE AUSSI ?
TAP TAP !
BAM !
C'EST ! C'EST HORRIBLE !

C'EST HANA !
ELLE S'EST BRUSQUEMENT TRANSFORMÉE EN CHAT DEVANT MOI !

OREILLES DE CHAT
AILES
EN TRAIN DE FLOTTER
HANA
MO... MO ?
FLOP...
MOMO !
MOMO !
AH, D'ACCORD... IL VIENT DE COMPRENDRE...
QUAND IL A VU LES PHOTOS, CETTE IMPRESSION D'ÉTRANGETÉ...
... S'EST CONFIRMÉE...

ICI, À PART HANA...
... TOUT LE MONDE EST RESTÉ IDENTIQUE...
IL L'A SU PARCE QUE NOUS N'AVONS PAS PRIS UNE RIDE...

CHAPITRE 20

UNE RUMEUR CIRCULE DEPUIS QUE J'AI ATTEINT L'ÂGE DE RAISON...
CETTE MAGNIFIQUE DEMEURE EST SORTIE DE NULLE PART DANS LA FORÊT ENTOURANT LA COLLINE À L'ÉCART DE LA VILLE, IL Y A DE CELA 15 ANS...
EFFRAYÉS, LES HABITANTS PRIRENT L'HABITUDE D'ÉVITER LES LIEUX, JUSQU'À CE QU'UN GROUPE DE JEUNES GENS PRIT SON COURAGE À DEUX MAINS ET DÉCIDA DE S'AVENTURER DANS LES PARAGES...

MAIS ILS EURENT BEAU GRIMPER, GRIMPER, LA RÉSIDENCE N'ÉTAIT TOUJOURS PAS EN VUE.
HÉ ! ON EST DÉJÀ PASSÉS PAR LÀ !
COMMENT ÇA SE FAIT ?!
CE SONT LES RENARDS QUI NOUS ONT TROMPÉS !
ET C'EST AINSI QUE DÉSORMAIS, PLUS JAMAIS ON NE S'AVENTURA DANS CET ENDROIT…
… QUI, UN JOUR, FUT DÉSIGNÉ COMME : « LA MAISON HANTÉE. »
PFF… C'EST DÉBILE…
IL PARAÎT QUE DES FANTÔMES VIVENT ICI !
BRRRR !
JE N'AVAIS JAMAIS ACCORDÉ FOI À CETTE LÉGENDE COLPORTÉE PAR LES ADULTES…
ILS DOIVENT AVOIR UN COUP EN TROP DANS LE NEZ !
ENFANT INSENSIBLE
… MAIS FINALEMENT, C'ÉTAIT BIEN VRAI ?
CE QUE J'AI VU EST IMPOSSIBLE…
ET CES PHOTOS AUSSI…

PEUT-ÊTRE QUE JE SUIS EN TRAIN DE RÊVER ?
AH...
MOMO !
OUF ! TU AS REPRIS CONNAIS-SANCE.

ZWAF !
TU M'AS FAIT UNE DE CES PEURS EN T'EFFONDRANT COMME ÇA...
BLAF !
ÇA V...
TU...
... TU VAS M'EXPLI-QUER ?
QUI DIABLE ÊTES-VOUS DONC ?!

AH... HUM...
TOUS LES RÉSIDENTS ICI SONT DES DÉMONS... MOI, JE SUIS HUMAINE, MAIS BIBI M'A RECUEILLIE QUAND J'ÉTAIS TOUTE PETITE...
... ET SI J'ÉTAIS EN CHAT AUJOURD'HUI, C'ÉTAIT À CAUSE DE KLAUS... AH OUI, KLAUS, C'EST CELUI QUI EST PARTI, LÀ...
J'AI DEMANDÉ DES VRAIES EXPLICA-TIONS, MOI !!
HEIN ?
DES DÉMONS, DES HUMAINS ? JE NE SAISIS PAS...
MOMO...
JE NE COMPRENDS PAS !
EXPLIQUE-MOI.
CE N'EST PAS TOI QUI M'AS PRÉSENTÉ BIBI COMME TON GRAND FRÈRE ?
AH ÇA, C'EST PARCE QUE...
ALORS QUOI ?

WUP !
TU M'AS MENTI ?
PARDON...
GTCHACK !
HIRK !
!
BIBI !
AH, LÀ, LÀ, DANS QUELLE SITUATION INSOLUBLE ON EST LÀ ?
C'EST POUR ÇA QUE JE REFUSE QUE LES HUMAINS APPROCHENT !
TU AS PEUR ?
RASSURE-TOI.

JE VAIS T'OFFRIR LE REPOS DE L'ÂME MAINTENANT !
BIBI ?!
BI...
BIBI !
NON ! NE FAIS PAS ÇA !
NE FAIS PAS DE MAL À MOMO !
C'EST LA PREMIÈRE FOIS...

LA TOUTE PREMIÈRE FOIS…
… QUE J'AI UN AMI HUMAIN !!
TOUT ÇA, C'EST DE MA FAUTE… J'ÉTAIS SI CONTENTE D'AVOIR SYMPATHISÉ AVEC MOMO…
… QUE J'AI MÊME MENTI POUR NE PAS PERDRE LE CONTACT…
JE NE L'INVITERAI PLUS À LA MAISON…
JE NE LE VERRAI PLUS DU TOUT…
… ALORS, JE T'EN PRIE, BIBI !
J'AI L'IMPRES-SION QUE TU T'ÉGARES, LÀ !
JE VOULAIS GENTIMENT EFFACER TOUS LES SOUVENIRS QUE CE MÔME AVAIT DE NOUS.
QUOI ? SES SOU-VENIRS ?
TONY… LES PRÉ-PARATIFS !
OUI !
MENTEUR ! IL ALLAIT ME TRUCIDER, OUI !!
SOUFFLE DE LA MORT

TU VAS M'OUBLIER, MOMO...
HÉ ! ON M'A PAS DEMANDÉ MON AVIS, QUE JE SACHE !!
VOUS CROYEZ QUE JE VAIS ME LAISSER EFFACER LA MÉMOIRE SANS RIEN DIRE ?
DANS CE CAS, TU GARDERAS POUR TOI CE QUE TU AS VU ICI.
DANS LE CAS CONTRAIRE, TU ES UN HOMME MORT !
TAP TAP
すたすた
AH... VOUS PARLEZ DE CETTE HISTOIRE DU DIABLE QUI HABITE DANS LA RÉSIDENCE SUR LA COLLINE ?
C'EST IDIOT... QUI SERAIT ASSEZ BÊTE POUR Y CROIRE ?
TU T'EN VAS ?
UN PEU OUI ! JE NE RESTERAI PAS UNE MINUTE DE PLUS ICI !
TRÈS BIEN, ET QUE TES PAS NE TE RAMÈNENT JAMAIS ICI.
TU AS COMPRIS, NON ?

LES DÉMONS ET LES HUMAINS NE PEUVENT PAS FRAYER ENSEMBLE...
PAS BESOIN DE LE DIRE...
JE NE REVIENDRAI PAS !

YOUHOU, HANA ! ÇA TE DIT UN PETIT PIQUE-NIQUE IMPROVISÉ SUR LE POUCE ?

3

CONSIDÉRATIONS DIVERSES

CET HIVER, JE ME SUIS ACHETÉ UNE BOUILLOTTE. C'EST BIEN CHAUD. MON ORDINATEUR EST TOMBÉ EN PANNE. J'ÉTAIS VERTE, MAIS J'EN AI ACHETÉ UN NOUVEAU. C'EST VRAIMENT PÉNIBLE DE NE PAS AVOIR D'ORDINATEUR. JE L'AI AMÈREMENT RESSENTI PENDANT QUELQUES JOURS.

ELLE, ON L'APPELLE GUILTY AU SEIN DE L'ÉQUIPE GUILTY ! C'EST UN NOM TROP COOL !

JE VOULAIS ALLER MANGER DANS UN RESTAU-RANT DE MARMI-TES, MAIS JE N'AI PAS PU. C'EST DÉJÀ LE PRINTEMPS !

VIVE LE PRINTEMPS ! JE SAIS, TOUT CECI N'EST PAS BIEN INTÉRESSANT... DÉSOLÉE...

HÉ, BIBI ! QU'EST-CE QUE TU COMPTES FAIRE ?
DEPUIS CETTE HISTOIRE, HANA PASSE SON TEMPS À BROYER DU NOIR...
QU'EST-CE QUE J'EN SAIS.
ギシ
SQUISH...
JE ME DISAIS QUE JE POURRAIS RAMENER MOMO ?
SANS BLAGUE ! TU VEUX RIRE ? MERCI BIEN !
AH ? MMH... ALORS TU VAS FAIRE QUOI ?
OOOUH...

RHÔ, QU'EST-CE QUE ÇA SIGNIFIE ?
DEPUIS LA DISPARITION DE CE MORVEUX, JE DEVRAIS ME SENTIR REVI-VRE...
... ALORS POURQUOI JE NE TROUVE PAS LA PAIX...
« LES DÉMONS ET LES HUMAINS NE PEUVENT PAS FRAYER ENSEMBLE. »
QUE J'EN VIENNE À SABORDER MES PROPRES PARO-LES, C'EST RIDI-CULE...
BLANG BLONG !
PFF, LAISSE-MOI RIRE !
BISH !

BANDE DE LAVETTES !
HÉ, MOMO ! C'EST QUOI TON PROBLÈME ? TU ES À CRAN EN CE MOMENT.
ぱんっ
CLAP !
D'HABITUDE, TU NE T'INTÉRESSES JAMAIS À CES NAZES...
...

OHÉ ! MON PETIT MOMO ! TU ES LÀ ?
JE NE SUIS PAS PETIT !
JE VAIS TE LA FAIRE BOUCLER, MOI !
VIENS ME LE PROUVER, MON PETIT CHOU !!
JE SUIS PAS PETIT !
JE RENTRE !
谷崎生花店
C'EST MOI.
BONSOIR ! HÉ ! TU T'ES ENCORE BATTU ?
MAIS NON !
CE SONT JUSTE DES CRÉTINS D'UNE AUTRE ÉCOLE QUI M'ONT CHERCHÉ DES NOISES. ILS L'ONT BIEN REGRETTÉ.
AH ? BON, DU MOMENT QUE TU AS GAGNÉ...
... PASSONS. UNE HABITUÉE NOUS A DEMANDÉ UNE LIVRAISON !
QUOI ?!

AH NON...
JE T'AI DÉJÀ DIT QU'UN GARÇON NE POUVAIT PAS SE PROMENER AVEC DES FLEURS... C'EST PAS...
« POURQUOI ? IL N'Y A RIEN DE BIZARRE À ÇA ! »
D'ACCORD... J'Y VAIS.
BONJOUR !
C'EST LES FLEURS TANIZAKI !

AAH, C'EST BIEN AIMABLE DE TA PART !
JE PEUX TE DEMANDER DE LES DÉPOSER AU FOND ?
OUI !
MH ?
!
OUAAAH ! QU'EST-CE QUE VOUS FAITES ICI, ORDURE !!
AH ÇA ! VOUS VOUS CONNAIS-SIEZ ?!

BIEN. TU PRENDRAS BIEN UN THÉ AVEC NOUS, PETIT ?
QUOI ? ALORS VOUS CONNAISSEZ SA VRAIE NATURE, MADEMOISELLE NIJÔ ?
OH, ÇA ?
BIEN SÛR ! JE LUI DONNE MÊME MON SANG !
QUOI ? IL BOIT DU SANG ?
JE SUIS REDEVABLE ENVERS MONSEIGNEUR BIBI. IL M'A SAUVÉ LA VIE.
JE LUI LAISSE DONC ME PRENDRE DU SANG.
AYAME ! INUTILE D'EN DIRE TROP...

AAAH... VOUS LUI DEVEZ LA VIE...
EH OUI...
MAIS... EUH... POURQUOI LUI ÊTRE REDEVA-BLE ? C'EST UN DÉMON.
JE PENSE QUE PUISQU'IL M'A SAUVÉE, MA VIE LUI APPARTIENT...
... ET JE L'AI MÊME PROMIS.
APRÈS, QU'IL SOIT HUMAIN OU NON...
... C'EST UN DÉTAIL...
MERCI BEAUCOUP POUR LE THÉ...
TU ES TOUJOURS LE BIEN-VENU !
HÉ, UN INSTANT, LE FLEU-RISTE !

JE VAIS TE PRENDRE DES FLEURS.
TU LES APPORTERAS À LA RÉSIDENCE DEMAIN.
QUOI ?!
RAPPELEZ-MOI QUI M'A DIT DE NE JAMAIS REVENIR ?
OUI, MAIS À CAUSE D'UN CERTAIN MICROBE, HANA FAIT UNE TÊTE D'ENTERREMENT À LONGUEUR DE JOURNÉE, ET C'EST LASSANT.
* MÉMO
SANS DOUTE QUE DES FLEURS LA DÉRIDERAIENT...
PLIF !
ぴっ

MAIS NE TE SENS PAS FORCÉ, SURTOUT !
EN VRAI, JE NE TIENS PAS DU TOUT À TE RAPPELER, MAIS BON...
QUE...
DITES, LES GARS...

BUZZ
ざわ
BUZZ
ざわ
... SI JE VOUS DISAIS « JE SUIS UN DÉMON. » COMMENT VOUS RÉAGIRIEZ ?
HEIN ? C'EST UNE DEVINETTE ?
MAIS NOOON...
HÉ, VOUS DEUX ! VOUS SAVEZ QU'ON A INTERRO SUR-PRISE APRÈS ?! FAUT VOUS Y METTRE !
SÉRIEUSEMENT... SI J'ÉTAIS UN DÉMON, EST-CE QUE VOUS ACCEPTERIEZ DE ME FRÉQUENTER ?
QUOI ? DÉMON OU PAS, ÇA N'A PAS DE RAPPORT...
SI TU RESTES LE MÊME QUE MAINTENANT, ÇA NE ME GÊNE PAS.
?
D'ACCORD ! MOMO SERA TOUJOURS MOMO !
EH OUI, LE PETIT ET MIGNON MOMO !

OUI, HEIN ! C'EST CE QUE JE ME DISAIS.
J'Y VAIS !
OÙ ?!
DASH !
... AH, HA... ÇA FAISAIT LONGTEMPS QUE JE NE L'AVAIS PAS VU SI SEREIN...
QUOI ? IL PART DÉJÀ ? ET L'INTERRO ? MOMOOO !!
HÉÉÉ ! JE SAIS QUE VOUS ÊTES LÀ, POURRITURE DE DÉMON !
SORTEZ DE LÀ !
MH ?
MONSEIGNEUR BIBI... C'EST MONSIEUR TANIZAKI. IL EST SOUS VOTRE BALCON ET...
GGNH ...
GTCHCK !
カリ
チャ

JE VOUS AI APPORTÉ LES FLEURS QUE VOUS AVEZ COMMANDÉES !!

TU N'AVAIS PAS JURÉ DE NE PLUS JAMAIS VENIR ?
NON ! ET D'AILLEURS, C'ÉTAIT ÉVIDENT QUE J'ALLAIS PASSER !
MÊME SI HANA AVAIT ÉTÉ UN DÉMON, JE SERAIS QUAND MÊME VENU LA VOIR COMME AUJOURD'HUI.
ET EN PLUS, C'EST N'IMPORTE QUOI CES HISTOIRES DE DÉMONS ET D'HUMAINS.
VOUS M'AVEZ EMBROUILLÉ UN MOMENT, MAIS HANA ET MOI, ON EST HUMAINS TOUS LES DEUX !
AUCUN PROBLÈME !
ZUT ! IL A RÉALISÉ...
C'EST VRAI. JE ME SUIS TROP ATTACHÉ AUX DÉTAILS...
ZARF...
MOMO ...
QUELLE QUE SOIT LA NATURE DE HANA...
... SON ÉDUCATION...
CE JOUR-LÀ...

... LA HANA QUE J'AI RENCON-TRÉE....
... TU VEUX BIEN RESTER MON AMI ?
MOMO ...

COMME SI J'AVAIS LE CHOIX !
Ô, MOMO !!
GLNK !
コケッ
SBLAF !
べしゃっ
REGARDE-MOI ÇA !
...
OUILLE... ÇA VA ?
OH, PA... PARDON, MOMO ! TU T'ES COUPÉ LA LÈVRE !
QUOI ? TOI AUSSI, TU...

AH...
PARDON, MOMO...
JE T'AI EMBRASSÉ...
OUAAH... LÀ, JE COMMENCE À VRAIMENT LE REGRETTER...
DEPUIS QUE JE L'AI RENCONTRÉ, JE N'AI PAS LE CŒUR TRANQUILLE...
...

CHAPITRE 21

FOMP !
AÏE...

MADE-MOI-SELLE.
VOTRE LÈVRE VOUS FAIT SOUF-FRIR ?
NON, ÇA VA ! ÇA ME LANCE UN PEU, MAIS SINON...
CRUSH
ザク
ザク
CRUSH
ÇA SUFFIT, MONSEIGNEUR BIBI. ON SAIT QUE VOUS ÊTES DE MAUVAISE HUMEUR... C'EST MALPOLI !
AÏE ...
UN PEU QUE JE L'AI MAUVAISE !
PAR-DON, MOMO !
JE T'AI EMBRASSÉ !
QUELLE CRÉTINE, CETTE HANA...
...

MOMO DOIT SÛREMENT AVOIR MAL LUI AUSSI EN CE MOMENT... JE SUIS TELLEMENT DÉSOLÉE...
ET EN PLUS, À CHAQUE FOIS QU'ELLE A MAL, ELLE PENSE À CETTE DEMI-PORTION !!
イライラ
GRR...
GRR...
CRUSH... CRUSH...
ザクザク
MERCI ! J'AI BIEN MANGÉ !
ON FAIT UNE PARTIE, BIBI ? DES ÉCHECS !
TU ES SÛRE ? TU ES NULLE...
TONY M'A COATCHÉE ! JE SUIS BEAUCOUP PLUS FORTE ! TROP TOP !
MMH. AVEC LUI COMME PROFESSEUR, TU NE DOIS PAS AVOIR AVANCÉ D'UN POUCE...
DOULEUR OCCASIONNÉE PAR UNE BOUCHE GRANDE OUVERTE...
すい
FWIP...
MAIS DIS...

QUAND ÇA VA GUÉRIR, ÇA ?
AH…
OH, TRÈS VITE !!
DANS COMBIEN D'HEURES ?
EUH, CE N'EST PAS SI RAPIDE QUAND MÊME.
FAUDRAIT SAVOIR !
AAH…
DÉCIDÉMENT, CE N'EST PAS AISÉ D'ÊTRE HUMAIN…
FWIP
!
GNN…
?

JE VAIS LUI APPRENDRE, À CE MINUS, À ABÎMER CE QUI EST À MOI !
MAIS NON, BIBI. JE LUI SUIS JUSTE RENTRÉE DEDANS.
ET PUIS D'AILLEURS, PEU IMPORTE.
TAP TAP TAP TAP
だだだ
FERTEN ? SI TARD ?
HÉÉÉ !
?
CLUTCH !
HANA !

C'EST VRAI QUE MOMO T'A EMBRASSÉE ?
MAIS NON, JE LUI SUIS RENTRÉE DEDANS, ET...
QUAND JE PENSE QUE TU N'AS JAMAIS EMBRASSÉ BIBI QUE SUR LA JOUE, MOMO, LUI, IL A EU LE DROIT AU BISOU SUR LES LÈVRES !
QUOI ? C'EST TOI QUI L'AS EMBRASSÉ ?
OH ...
VOUS EXAGÉREZ ! POURQUOI ON NE M'APPELLE PAS QUAND ÇA DEVIENT AMUSANT ?
OUSTE !!
DWACK !
JE LE SAVAIS ...

... JE N'AURAIS JAMAIS DÛ RAPPELER CE MÔME...
QUE ÇA GUÉRISSE VITE !
リーン ゴーン
DING DONG !
HÉ, MOMO ! QU'EST-CE QUE TU AS À LA LÈVRE ?
RIEN...
NAN ! ENCORE UNE BAGARRE ?
CE N'EST PAS BIEN, MON PETIT MOMO !
MAIS NOOON ...
ARRÊTE AVEC TES « PETIT » !

HÉ !
こらっ
RHÔ, POUR LES BAGARRES, TU N'AS QU'À NOUS APPELER. ILS ÉTAIENT D'OÙ, LES AUTRES ?
REN !
PUISQUE JE VOUS DIS QUE CE N'EST PAS ÇA. RIEN À VOIR AVEC L'ÉCOLE.
EN PLUS, ELLE N'EST PAS SCOLA-RISÉE...
はたっ
HOP !
ガタッ
GTACK !
AAAH... OUI, J'OUBLIAIS...
?
4
LA VEILLE D'UN JOUR DE CLÔTURE...
IL VA FALLOIR TROUVER UNE GRAPHIE POUR LES NOMS DES COPAINS DE MOMO...
CHARGÉES DES DÉCORS
もも
TWOC TWOC
PLANCHE AVEC DÉCORS FINIS
ALORS ... QUE FAIRE ?
MH ?
ISHIDA
ARAI
OH ! LEURS NOMS SONT DÉJÀ ÉCRITS SUR LEURS FRONTS !
ILS ONT ENCORE ÉTÉ NOMMÉS SANS ME DEMANDER MON AVIS...
...
ET MOI, ISHIDA !
MOI, C'EST ARAI ...
ENCHANTIER !
BIEN ÉVIDEMMENT, AU CRAYON BLEU QUI NE PASSE PAS À LA PHOTOCOPIEUSE...

QUOI ? À L'ÉCOLE ?
MOI ?
BEN OUI ! LA MIENNE EST LA PLUS PROCHE DE CHEZ TOI.
IL Y EN A PAS BEAUCOUP, MAIS ON A AUSSI DES FILLES.
DEMANDE LA PERMISSION À BIBI DE T'INSCRIRE !
TU POURRAS TE FAIRE DES TAS D'AMIS HUMAINS.
DES AMIS !!

MAIS C'EST UNE TRÈS BONNE IDÉE, L'ÉCOLE ! JE SUIS POUR !
OUI... MAIS EST-CE QUE BIBI SERA D'ACCORD...
PFF ! QU'IL ESSAIE DE FAIRE LE DIFFICILE, JE VAIS LUI DIRE CE QUE JE PEN...
GATCHUNG
AH ? ET QUI VA DIRE QUOI À QUI ?
BIBI !
QU'EST-CE QUE TU FAIS ENCORE ICI, MORVEUX ?!
ÇA VA PAS LA TÊTE ?
GYAH... GYAH
ON SE PASSERA DE L'ÉCOLE !
IL N'Y A PAS DE PROBLÈME PUISQUE TU AS UN PRÉCEPTEUR POUR TOUT T'ENSEIGNER.

AH NON ! C'EST PAS ÇA LE PROBLÈME...
ON NE VA PAS À L'ÉCOLE JUSTE POUR ÉTUDIER...
IL Y A AUSSI LA SOCIALISATION...
ET CECI ET CELA...
GRR...
SBLIFF !
TU ME SAOULES ! DEHORS !!
JE RIGOLE PAS ! OUVREZ !!
TAK TAK
AH, BIBI, TU ES TRISTE PARCE QUE SI HANA VA À L'ÉCOLE, VOUS NE PASSEREZ PLUS AUTANT DE TEMPS ENSEMBLE... ☆
AAH ? C'ÉTAIT DONC ÇA ?
TRISTE, MOI ?!
TU SAIS BIEN QU'ON NE PEUT PAS LA LAISSER SORTIR SANS S'ATTIRER DES TAS DE TRACAS !

DE TOUTE MANIÈRE ...
DWOCK...
どかっ
... L'ÉCOLE N'APPORTE RIEN DE BON !
MF... TU OUBLIES QUE TU SÉCHAIS TOUJOURS...
... ET QU'EN PLUS, TU N'ESSAYAIS PAS DE NOUER DES LIENS AVEC LES AUTRES.
NON SEULEMENT JE N'EN RESSENTAIS PAS LA NÉCESSITÉ, MAIS EN PLUS, C'ÉTAIT ENNUYEUX...
ET DE TOUTE MANIÈRE, TU ES BIEN MAL PLACÉ POUR ME FAIRE REMARQUER QUE JE SÉCHAIS LES COURS !
AH, HA, HA ! C'EST BIEN VRAI. JE FAISAIS PARTIE DES RESQUILLEURS ...
AVEC TOUTES CES FILLES...
DING DONG !
リーン ゴーン
MINCE, LE COURS COMMENCE... OH, ET À QUOI BON...
TOP...
MAIS JE DOIS DIRE QUE...

... C'EST À L'ÉCOLE QUE BIBI ET MOI, ON S'EST RENCONTRÉS !
OH ! REGARDE, BIBI ! UNE CHAUVE-SOURIS VAMPIRE. C'EST RARE !
HÉ ! TU M'ÉCOUTES ?
EN TRAIN DE SÉCHER
ON A APPRIS À SE CONNAÎTRE, ET C'EST COMME ÇA QU'ON EST DEVENUS LES MEILLEURS AMIS DU MONDE.
TOI AUSSI, TU POURRAS RENCONTRER DE SUPER AMIS EN ALLANT À L'ÉCOLE ! ☆
UN AMI ? OÙ ÇA ?
OH OUI ! JE VAIS TOUT FAIRE POUR ÇA ! JE PEUX, BIBI ?
NON !
...
BON, QUOI QU'IL EN SOIT...

SI NOUS ALLIONS JETER UN ŒIL, DEMAIN, HANA ? ☆
D'ACCORD !
QUOI ?!
OH, ALLEZ ! UN COUP D'ŒIL N'A JAMAIS FAIT DE MAL À PERSONNE, BIBI !
VIENS, TOI AUSSI !
きゃっきゃっ
KYAH KYAH
CÉPHALÉE
* ÉTABLISSEMENT MURONAGA
學園長室
C-C-C-COMMENT ? UN DUC ?

TOUT À FAIT... (MAIS DES ENFERS)
NOUS CHERCHONS À INSCRIRE CETTE ENFANT QUELQUE PART...
SI NOUS POUVIONS VISITER VOTRE ÉTABLISSEMENT...
MAIS, MAIS BIEN ENTENDU !
NOUS ESPÉRONS VRAIMENT VOUS ACCUEILLIR CHEZ NOUS !
MERCI ! NOUS VOUS CONFIONS NOTRE PRÉCIEUSE PETITE SŒUR !
SMILE !
VOS PAROLES ME RÉCHAUFFENT LE CŒUR...

NOUS SOMMES UNE ÉCOLE MIXTE.
NOUS FORMONS LES JEUNES FEMMES EN PRENANT EN COMPTE LES DÉSIRS DE LA SOCIÉTÉ SUR CE QUE DOIT ÊTRE UNE LADY DE NOS JOURS.
ETC. ETC.
... NOS TROIS RÈGLES D'OR...
ET PAR CONSÉ-QUENT ...
...

くあっ
PFOUAH !
MH ?
MOMO !
MOMO !
ぎょっ
OUAH !
?
MAIS QU'EST-CE QUE TU FABRIQUES ?
BYE-BYEE !!
HÉ, TU LA CONNAIS LA MIGNONNE, LÀ, MOMO ?
NON... PAS DU TOUT !
... MMH...

C'EST DRÔLE, VOUS AVEZ LA MÊME BLESSURE À LA LÈVRE !
JE...
GTACK !
カタッ
... JE LA CONNAIS PAS, J'TE DIS !
MONSIEUR TANIZAKI ! LISEZ LA SUITE !
INNOCENT ...
ええ!!?
HEIN !!
DING DONG !
リーン ゴーン
AH ? C'EST L'HEURE DE LA RÉCRÉATION...
BIEN... NOUS EN AVONS VU SUFFISAM-MENT, JE PENSE QUE NOUS ALLONS Y ALLER...
OUI !
HÉÉÉ, VOUS TOUS ! Y A DES DRÔLES DE GUIGNOLS DEHORS !
BUZZ !
ざわっ

ÔÔÔ, UN ÉTRANGER !
QUE SES CHEVEUX BRILLENT !
SES YEUX SONT SI BLEUS QU'ON DIRAIT DES BILLES DE VERRE !
きゃ
KYAH !
きゃ
KYAH !
HÉ, C'EST QUI CE TYPE ? LUGUBRE ! ON DIRAIT QU'IL Y A UNE AURA NOIRE AUTOUR DE LUI !
QU'EST-CE QUI PEUT LE CONTRARIER À CE POINT ?

BUZZ
BUZZ
WUP
WUP !
QU'EST-CE QU'IL Y A COMME MONDE ! ON SE CROIRAIT À LA PREMIÈRE VISITE AU TEMPLE !
MAIS QU'EST-CE QU'ILS NOUS MIJOTENT ?

HÉÉÉ ! ON NE VOIT QUE VOUS !!
MOMO !
TP TP !
DÉSOLÉ, COMME TOUT CE QU'ON VOULAIT C'ÉTAIT RENTRER, ON A REFUSÉ D'ÊTRE RACCOMPAGNÉS, MAIS ON S'EST PERDUS...
LA SORTIE, C'EST BIEN PAR LÀ ?
MAIS NON ! PAR LÀ !
... PAS DE PROBLÈME. JE VOUS RACCOMPAGNE !
AH... DÉSOLÉS...
AH, QUE C'EST SYMPA, L'ÉCOLE...
KYAH
きゃっきゃっ
KYAH
JE NE VOIS PAS EN QUOI...
C'EST UNE BONNE OCCASION POUR HANA DE PRENDRE SON INDÉPENDANCE PAR RAPPORT À TOI.
!

ALLEZ ! TOI-MÊME, TU IGNORES COMBIEN DE TEMPS ENCORE TU VAS RESTER SUR TERRE...
ET HANA AUSSI FINIRA BIEN PAR DEVENIR ADULTE ET SE MARIER AVEC UN HUMAIN.
TU SAIS CE QU'ON DIT : « LES ENFANTS HUMAINS AVEC LES HUMAINS. » C'EST L'ORDRE DES CHOSES, ET HANA SERA HEUREUSE.
TU FERAIS MIEUX DE T'Y PRÉPARER. PSYCHOLOGIQUEMENT.
SILENCE ! SE MARIER ? J'AIMERAIS BIEN VOIR ÇA !
HO !
ほろり
Ô TOI ! UN VRAI PAPA-GÂTEAU !
EN FAIT, IL N'Y A QUE HANA POUR PENSER « ENSEMBLE POUR LA VIE ! ».
BIBI !
TOI ENTRE TOUS...
... PRENDRE AU SÉRIEUX LES ÉLUCUBRATIONS D'UNE ENFANT ?

TU AS UN CIL, LÀ !
OÙ ?
JE VAIS TE L'ÔTER !
CRRC...
AÏE !!
HÉ ! ÇA VA PAS ?
PAS TOUCHE !
QUAND JE PENSE QUE J'AI PASSÉ DES ANNÉES À EVITER TOUT CONTACT...
... CE N'EST PAS POUR QUE TOI...
FLAP !
NE SERAIT-CE PARCE QUE TU ES HUMAIN...
JE NE TE PERMETS PAS...

AH...
JE L'AI.
PAS TOUCHE !!

PFF... DÉCIDÉMENT...
... JE N'AURAIS JAMAIS DÛ RAPPELER CE GAMIN...
TU N'AS QU'À ALLER À L'ÉCOLE !
RATTLE RATTLE
ガラガラ
AH ? TU ES SÛR ?
TU EN AS ENVIE, NON ?
OH, OUI.
JE VEUX Y ALLER, MAIS...
QUOI ?
SI ÇA TE DÉPLAÎT, JE N'IRAI PAS.

BOF ! BIBI EST JUSTE TRISTE PARCE QUE C'EST TOI.
NE PLEURE PAS ! DE TOUTE MANIÈRE, TU TE LÈVES TOUJOURS APRÈS MIDI...
VOUS NE POURREZ PAS VOUS VOIR JUSTE PENDANT LES QUELQUES HEURES QUI VOUS SÉPARERONT DU RETOUR DE L'ÉCOLE DE HANA.
QUOI ? TU ES TRISTE, BIBI ? TU VAS PLEURER ?
GWITCH !
OOOUH...
CE N'EST RIEN ! JE RENTRERAI LE PLUS VITE POSSIBLE !
OUUUH...
AH, C'EST JUSTEMENT CE QUE JE CRAIGNAIS...
TU VAS VOIR, ENTENDRE ET APPRENDRE BEAUCOUP PLUS DE CHOSES DE L'EXTÉRIEUR.
ET UN JOUR...
... TU TROUVERAS QUELQUE CHOSE OU QUELQU'UN QUI COMPTERA PLUS QUE MOI POUR TOI !
NE T'EN FAIS PAS, BIBI.

JE NE PEUX PAS LE SUP-PORTER, ET CELA M'EFFRAIE ...
TU SERAS TOUJOURS LE PLUS IMPORTANT POUR MOI, BIBI.
AAAH... C'EST FOU...
POURQUOI FAUT-IL TOUJOURS QU'ELLE DISE ÇA ?

DU COUP, C'EST MOI QUI AI L'AIR IDIOT À ME TORTURER COMME ÇA...
DOULEUR EN SOURIANT
!
TU PEUX ALLER À L'ÉCOLE, MAIS UNE FOIS QUE TU SERAS GUÉRIE.
BIZZ...
ちゅっ
H... HÉ, BIBI ! TU L'AS EMBRASSÉE SUR SA COUPURE, LÀ !
NORMALEMENT, UN BAISER, C'EST TRÈS IMPORTANT !

MF...
DE CETTE MANIÈRE, CE NE SERA PLUS À CE MINUS QUE TU PENSERAS QUAND TU AURAS MAL, MAIS À MOI !
FINALEMENT, JE DOUTE DE PLUS EN PLUS QU'ON PUISSE UN JOUR SÉPARER CES DEUX-LÀ...
AH, LÀ, LÀ...
やれやれ
MADEMOI-SELLE HANA ? QUE VOUS ARRIVE-T-IL ?
VOTRE BLESSURE VOUS FAIT SOUFFRIR ?
かあああ
BLUUSH...

CHAPITRE 22

MADEMOI-
SELLE
HANA... ET
VOTRE
LÈVRE ?
!
MOUF
ぼっ

BLOUSH !
?
C'EST DÉJÀ BEAUCOUP MOINS VISIBLE...
C'EST BIEN !
... OUI...
EH VOILÀ ! VOUS ALLEZ FAIRE LES COURSES AVEC MONSEIGNEUR BIBI ?
OUI !
MERCI, HELGA !
VLAM !
JE SUIS CONTENTE DE POUVOIR ALLER À L'ÉCOLE...
... MAIS ÇA ME REND TRÈS TRISTE DE NE PLUS AVOIR CE PETIT BOBO...
J'AI L'IMPRESSION QU'AVEC LUI...

... C'EST LE SOUVENIR DE CE BAISER QUI DISPARAÎT...
BIBI ! BONJOUR ! JE SUIS PRÊTE...
... AH TIENS...

AH, BONJOUR...
... HANA !
BON...
... JOUR...
MONSEI-GNEUR BIBI...
MADEMOISELLE HANA EST LÀ !
MH... C'EST ENCORE LE MATIN...
CEST DÉJÀ LE MATIN...
ALORS ? COMMENT SE PASSENT TES ÉTUDES, HANA ?
む〜
GNRF...

ON AVAIT POURTANT PRÉVU D'ALLER ACHETER MON KIMONO POUR L'ÉCOLE AUJOURD'HUI !
AH... AH OUI, C'EST VRAI...
TU AS OUBLIÉ !
DU TOUT.
MEN-TEUR !
PAS DU TOUT. LA PREUVE ...
... J'AI FAIT VENIR AYAME !
HEIN ?
JE SAIS QUE J'AI DIT QUE JE VIENDRAIS, MAIS JE N'Y CONNAIS RIEN EN VÊTEMENTS JAPONAIS.
ALLEZ-Y TOUTES LES DEUX !
MONSEIGNEUR BIBI... JE NE SAVAIS PAS...
AH ? AH BON ?
MAIS S'IL NE S'AGIT QUE DE TROUVER UN UNIFORME POUR L'ÉCOLE...

... SI ÇA TE DIT, JE PEUX T'EN DONNER UN DE MES ANCIENS ?
!
AH ? VRAIMENT ? ALORS DANS CE CAS...
GRGN GRGN
もぞもぞ
ÇA NOUS FERA GAGNER DU TEMPS.
ALLONS, MONSEIGNEUR BIBI ! JE VOUS PRIE DE BIEN Y PENSER.
WLIP !
QUOI ? MAIS NON, C'EST PARFAIT POUR MOI !
ÇA TE VA, HANA ?
GWSH...

AH NON...
MOI, JE VEUX EN CHOISIR UN NEUF !
GNNNH...
PLUS VITE QUE ÇA, BIBI !
ÇA NE SE PASSE PAS DU TOUT COMME JE VOU-LAIS...
JE ME FAISAIS UNE JOIE DE CETTE SORTIE DEPUIS HIER SOIR, MAIS CE N'EST PAS ÇA DU TOUT...

RATTLE RATTLE
ガラガラ
...
SHEEN...
しん..
... BONJOUR L'AMBIANCE ...

MERCI BEAUCOUP !
MOI AUSSI ! MOI AUSSI !
MH ?
QU'EST-CE QUE TU ATTENDS ? DESCENDS VITE !
ひょいっ
HOP !
ARGH !
ガーん
EXPLIQUE-MOI TONY ?

J'AIME BIBI ET AUSSI MADEMOISELLE AYAME...
... MAIS QUAND JE LES VOIS SI PROCHES L'UN DE L'AUTRE, ÇA ME TORD L'ESTOMAC...
... ET JE ME DÉTESTE POUR ÇA...
POURQUOI JE NE PEUX PAS M'EN EMPÊCHER ?
MADEMOI-SELLE HANA...
OH, MAIS QUI VOILÀ ? MADEMOI-SELLE NIJÔ !

MERCI POUR TOUT CE QUE VOUS FAITES POUR MOI.
MAIS NON, C'EST MOI QUI VOUS REMERCIE…
VOUS AURIEZ PU ME PRÉVENIR, JE SERAIS ALLÉ CHEZ VOUS…
AH, NON…
AUJOURD'HUI, NOUS CHERCHONS UN KIMONO POUR CETTE DEMOISELLE.
BON-JOUR !
OH, MAIS QU'ELLE EST MIGNONNE !
VOUS AVEZ UNE IDÉE DE CE QUE VOUS CHERCHEZ ?
AH ÇA…

C'EST BEAU, HEIN !
QUELLE EST LA DIFFÉRENCE ENTRE CES DEUX-LÀ ?
MONSEIGNEUR BIBI !
MAIS POURQUOI ÇA ME FAIT ÇA ?
C'EST JOLI...
JE DOIS ME RESSAISIR !
AUJOURD'HUI EST UNE GRANDE SORTIE...
TOUT LE MONDE EST VENU POUR MOI.
BONJOUR, MADEMOISELLE NIJÔ !
BONJOUR !
RENTARÔ ! COMBIEN DE FOIS FAUDRA-T-IL TE DIRE DE RENTRER PAR LA PORTE DE DERRIÈRE ?
JE DOIS CHASSER CE TROUBLE DE MON ESPRIT...
VITE !
VITE !

FWAP...
VITE !

AH, JE LE SAVAIS. C'EST RAVISSANT !
CETTE COULEUR TE VA ADMIRABLEMENT AU TEINT.
EN PLUS, CETTE TEINTE DURERA PLUS LONGTEMPS.
LONGTEMPS ?
COMMENT ? AH, MAIS OUI ! LES KIMONOS ONT UNE LONGUE VIE...
QUAND ILS SONT SALES, ON DÉCOUD TOUS LES ÉLÉMENTS QUI LE COMPOSENT POUR LES LAVER...
... ET ENSUITE, ON LES RECOUD.
ON PEUT LES REMETTRE À NEUF À VOLONTÉ !

FAISONS FAIRE UN BEAU KIMONO QUE TU POURRAS PORTER DE LONGUES ANNÉES.
POURQUOI ?
POURQUOI ?
AH, MAIS OUI, TIENS... TU VAS PEUT-ÊTRE BEAUCOUP GRANDIR...
HOUF !
POURQUOI ?
QUAND JE PENSE QUE J'AI AGI COMME UNE PETITE PESTE...
POURQUOI ?
PARDON, MADEMOISELLE AYAME.
FINALEMENT, JE N'AI PAS BESOIN D'UN NOUVEAU KIMONO.

J'EN VEUX UN...
... QUI VOUS APPARTIENT !
は!?
HEIN ?!

QU'EST-CE QU'ON FAIT LÀ, ALORS ?
DÉSOLÉE...
OH, MAIS NOUS AURONS BESOIN DE BEAUCOUP D'AUTRES ACCESSOIRES !
QUOI ? MAIS JE VEUX RENTRER, MOI !
ALLONS-Y !
C'EST TROP MIGNON !
JE ME DEMANDE SI JE NE VAIS PAS M'EN PRENDRE AUSSI...

MERCI DE M'AVOIR RACCOMPAGNÉE.
AYAME. MERCI POUR AUJOURD'HUI.
ET AUSSI... PARDON...
JE T'ATTENDS BIENTÔT POUR CHOISIR TON KIMONO !
BYE-BYE !
MADEMOI-SELLE...

LA JOURNÉE A ÉTÉ AGRÉABLE ON DIRAIT ?
PAS DU TOUT.
J'AI ÉTÉ FORCÉE DE SYMPATHISER AVEC UNE PERSONNE QUE JE N'AIME PAS DU TOUT.
J'ÉTAIS PLUTÔT EMBARRASSÉE…
MAIS NON, ELLE A L'AIR RAVIE !
RATTLE RATTLE
ガラガラ
JE ME DEMANDE SI JE PEUX DEVENIR COMME MADE-MOISELLE AYAME…
QUOI ?

QU'EST-CE QU'ELLE ME RACONTE ENCORE ?
JE SERAI ADULTE TRÈS BIENTÔT.
ET ALORS, IL M'EMBRASSERA POUR DE VRAI !

... BIBI ?
RIEN NE PRESSE, VRAIMENT...
AH ?
?
POURQUOI TU ME CACHES LES YEUX ?
... QUI C'EST ?
C'EST BIBI !
!

MOMO
...
?
?
VOUS ÊTES TROP PUÉRIL, MONSEIGNEUR BIBI !
AH ! TE VOILÀ ENFIN, BIBI !
...

ON COMMENÇAIT À S'ENNUYER À T'ATTEN-DRE !
FERTEN, ÉLINORE ! BONSOIR !
HÉ ! QUI VOUS A PERMIS DE PRENDRE VOS AISES CHEZ LES AUTRES ?!
PFF ! TU N'AVAIS QU'À M'INVI-TER POUR TA SORTIE ! ESPÈCE D'IN-SENSIBLE !
NOUS N'ALLIONS PAS PARTIR AVANT DE T'AVOIR VU, QUAND MÊME !
BON ! ALORS, QU'Y A-T-IL AU MENU DE CE SOIR, TONY ?!
PARCE QUE TU CROIS QUE TU ES INVITÉ À MANGER ?
JE VOUS JURE ! C'EST UNE SALLE D'ATTENTE ICI OU QUOI ?

GATCHUNG !
CETTE SENSATION...
BUZZ
MAIS C'EST...
VLAM !

ビッ
BLIF !
PLITCH ...
ゴポッ
KOF !

ZWITCH !
THUMP !
DWOCK !

EH BIEN, EH BIEN ?
ÇA N'A PAS ÉTÉ BIEN DUR !!
ALORS, MON GRAND ?
GWIP !
UN AUSSI LONG SÉJOUR SUR TERRE T'A BIEN RAMOLLI, ON DIRAIT !

ÇA FAISAIT LONGTEMPS, BIBI !
... VIEUX DÉBRIS...

QU'EST-CE QUE TU VIENS FAIRE ICI ?!

QU'EST-CE QU'IL FAIT LÀ, LE VIEUX DÉBRIS ?
À TA PLACE, JE ME GARDERAIS DE M'APPELER "VIEUX DÉBRIS"...
... PETITE LARVE DE 200 ANS SEULEMENT !
BLONG !
ゴスッ

CHAPITRE 23

GTCHCK
FLÛTE, MON ÉPÉE EST PASSÉE À TRAVERS LE SOL...
GTCHCK
GNNNH...
GWISH !
RESPIRE UN BON COUP, BIBI !
ZWITCH !
OUH !

HOP !
ぽいっ
PFF... TU N'AS JAMAIS ÉTÉ UN BON HURLEUR. C'EST PAS AMUSANT.
GIL-BERT !
OUI !
シャキンッ
SHAAF !
FERTEN, ÉLINORE...
CELA FAISAIT BIEN LONG-TEMPS.
EFFECTI-VEMENT.
VOUS SEMBLEZ D'EXCELLENTE HUMEUR !

ROI DES ENFERS…
LUCIFER !!

ROI... DES ENFERS ?
!
ROLL...
BI... ... BIBI ?!
BIBI !!
HANA...
DANS TA CHAMBRE !
PLUS VITE QUE ÇA ! TU N'ENTENDS PAS CE QUE JE DIS ?
... D'AC-CORD...
TAK...

HÉ !
LA GAMINE COMPTE TANT QUE CELA POUR TOI, BIBI ?
NOUS NOUS RETROUVONS, HANA !
... AH...
VIEUX DÉBRIS...

ESSAIE UN PEU DE LUI TOUCHER NE SERAIT-CE QU'UN CHEVEU...
... ET JE TE RÉDUIRAI EN BOUILLIE !
KOF ...
AH, HA, HA ! DANS TON ÉTAT ?
NE TE FATIGUE PAS, VA !
CETTE ÉPÉE ÉTAIT ENDUITE D'UN INHIBITEUR DE GUÉRISON.
!
TA BLESSURE DEVRAIT CICATRISER AUSSI LENTEMENT QUE CELLE D'UN HUMAIN.
GILBERT ! PORTE-LE !
BIEN !
DÉSOLÉ, MONSEIGNEUR BIBI !
FOP !

HANA !
JE T'AT-TENDS !
ガ
シャン
GTCHACK !
フッ
FOUP !
SI TU VEUX SAUVER BIBI, TU M'APPORTERAS CETTE ÉPÉE DANS MON CHÂTEAU !

MADEMOISELLE HANA ! DU LAIT CHAUD POUR VOUS.
MERCI ...
C'EST VRAI QUE ÇA CRAINT...
DÉJÀ QUE BIBI SE LAISSE SURPRENDRE COMME ÇA, MAIS EN PLUS, QU'IL N'AIT PAS SU RÉAGIR...
TU NE COMPRENDS PAS...
QUAND BIBI S'EST FAIT TRANSPERCER, IL M'A REGARDÉE !
C'EST PARCE QUE J'ÉTAIS TOUT PRÈS...
IL N'A PAS VOULU RÉPLIQUER POUR NE PAS ME METTRE EN DANGER.
C'EST PARCE QUE J'ÉTAIS LÀ.

5

ET VOICI LA TOUTE DERNIÈRE COLONNE. MERCI DE M'AVOIR TENU COMPAGNIE JUSQU'ICI. CETTE SÉRIE A, POUR L'INSTANT, ÉTÉ TRÈS PÉPÈRE. MAIS À PARTIR DU TOME SUIVANT, JE COMPTE METTRE UN PEU PLUS DE "FUREUR" (?) DANS L'HISTOIRE. MAIS JE VOUS RASSURE, IL S'AGIT TOUJOURS DE BIBI ET HANA, ALORS JE SERAIS RAVIE QUE VOUS ME RETROUVIEZ DANS LE VOLUME 5. JE ME RECOMMANDE À VOUS.

101-0063
TOKYO TO CHIYODA KU KANDA
AWAJI MACHI 2-2-2
HAKUSEN SHA HANA TO YUME
RÉDACTION
OTO HISAMU

JE COMPTE SUR VOS LETTRES. ELLES ME DONNENT BEAUCOUP D'ÉNERGIE. JE COMPTE SUR VOUS !
MARS 2009,
HISAMU OTO

SI BIBI NE PEUT GUÉRIR QUE DANS DES DÉLAIS HUMAINS, CETTE BLESSURE EST PLUTÔT GRAVE. JE VAIS INTERCÉDER DIRECTEMENT EN SA FAVEUR POUR OBTENIR UN REMÈDE.
FERTEN.
IL M'A DIT : « SI TU VEUX SAUVER BIBI, TU VIENDRAS AUX ENFERS ».
QU'EST-CE QUE ÇA VEUT DIRE ?
...
... NOUS, LES DÉMONS, NOUS NOUS NOURRISSONS DES ÂMES DES HUMAINS, MAIS...
... DEPUIS DES TEMPS IMMÉMORIAUX, IL N'EST PAS RARE QUE NOUS BUVIONS LEUR SANG...
BIEN SÛR, C'EST TABOU, MAIS...

NON SEULEMENT LE SANG HUMAIN EST DÉLICIEUX...
... MAIS IL PEUT DEVENIR UNE PUISSANTE SOURCE D'ÉNERGIE POUR NOUS.
... BON, HUM...
CE QUI EN GROS SIGNIFIE...
VIENS EN ENFER POUR FAIRE BOIRE TON SANG À BIBI.
C'EST CE QUE ÇA VEUT DIRE !
MAIS PAS SI BÊTE ! SI ON T'EMMÈNE LÀ-BAS...
... BIBI NOUS TUERA LES UNS APRÈS LES AUTRES. OUBLIONS.
MAIS ALORS, SI BIBI BOIT MON SANG, IL GUÉRIRA ?!
ALORS JE PEUX LE SAUVER ?!
OUH ...
JE N'AURAIS PAS DÛ LE DIRE...
たたた
TAP YAP TAP
ガシャ
GTCHACK

ALORS MOI AUSSI, JE VAIS AUX ENFERS !
EMMÈNE-MOI, FERTEN !
OUAH !
WOB
WOB
L'ÉPÉE EST TROP LOURDE
...
ON LE SENT TRÈS TRÈS MAL...
TU POURRAIS METTRE DU SANG DE HANA DANS UNE FIOLE ET Y ALLER ?
NON. IL LUI A DIT DE VENIR. IL NE TRANSIGERA PAS.
AAAH...

D'ACCORD ! SI TU VEUX SAUVER TON SI PRÉCIEUX BIBI...
HOP !
ひょい
... ALORS SUIS-MOI !
IL A RAISON ...
... CE N'EST PAS LE MOMENT DE SE PLAINDRE.
J'AI DÉCIDÉ DE DEVENIR ADULTE ?!

SI JE PEUX FAIRE QUOI QUE CE SOIT POUR SAUVER BIBI...
CHÂTEAU EN VUE !
C'EST LE CHÂTEAU DU ROI DES ENFERS !

TCHING !
PARDONNEZ-MOI, MONSEIGNEUR FERTEN...
ET TOI, IMMONDE PETITE HUMAINE !!
TSING !
HIRK !!
MÊME VOUS, JE NE PEUX VOUS LAISSER PASSER SANS QUE VOUS EN AYEZ LA PERMISSION.
JE NE PEUX TE PERMETTRE DE...
BLIF !
SUFFIT ! QUELLE GROSSIÈRETÉ FACE À UNE LADY !
TU NE VOIS DONC PAS CE QU'ELLE NOUS APPORTE ?

ELLE A L'AVAL DU ROI !
LAISSE-NOUS PASSER.
CRII...
MAIS... C'EST L'ÉPÉE DU ROI !!
M... MAIS...
MONSEIGNEUR FERTEN. ENTREZ JE VOUS PRIE !
HIIIARGH ! GILBERT !
HIRK !
L'INFORMATION N'ÉTAIT PAS PARVENUE JUSQU'AUX GARDES. TOUTES NOS EXCUSES.
PFF... À CAUSE DE LUI, LE CHÂTEAU EST SENS DESSUS DESSOUS...

J'IMAGINE QUE MONSEIGNEUR BIBI VA BIEN ?
NE VOUS INQUIÉTEZ PAS, NOUS AVONS PRIS LES MESURES NÉCESSAIRES.
BIEN. À PARTIR D'ICI, MADEMOISELLE HANA VIENT SEULE.
JE DEMANDERAI AUX AUTRES DE PATIENTER DANS UNE AUTRE SALLE.
!
JE LE SAVAIS ...
HANA... TU CROIS QUE TU T'EN SORTIRAS SEULE ?
BON, AVEC MAÎTRE GILBERT, ÇA DEVRAIT ALLER.
PAR ICI, JE VOUS PRIE !
TOP TOP
...

JE CROIS QUE VOUS N'AVEZ PLUS BESOIN DE CETTE ÉPÉE.
GTCHACK !
JE M'EN CHARGE.
!
TAP TAP TAP TAP
AH... HUM...
MERCI BEAUCOUP !
?
... PFF... JE L'AI JUSTE PRISE POUR AVANCER PLUS VITE...
TOP TOP
À SA PLACE, JE NE SERAIS PAS SI SOULAGÉ...
TOC TOC...
VOUS AVEZ DE LA VISITE.

AH ! TE VOILÀ ENFIN ?
J'ÉTAIS LAS D'ATTENDRE.

HIRK !
GTCHANG
MERCI DE TA VENUE, HANA !
J'ÉTAIS SI DÉSŒUVRÉ QUE JE M'APPRÊTAIS À GRIBOUILLER LE VISAGE DE BIBI.
CESSEZ AVEC CES STUPIDITÉS !
TIENS DONC...
NE SOIS PAS SI PEUREUSE, JE NE VAIS PAS TE MANGER !
TU NE TE SOUVIENS TOUJOURS PAS DE MOI ?
?
?
NOUS NOUS SOMMES DÉJÀ RENCONTRÉS. DANS LE PARC, PENDANT LA CÉRÉMONIE DES 200 ANS DE BIBI...
AH... HEIN ? MAIS NON, C'ÉTAIT UN PETIT GARÇON !
TOI AUSSI, TU AVAIS UNE AUTRE APPARENCE, ET JE L'AI SU TOUT DE SUITE... C'EST VEXANT...

MAIS ALORS, CE GENTIL GARÇON… C'ÉTAIT LE ROI DES ENFERS…
OUI, MAIS IL A TRANSPERCÉ BIBI DE PART EN PART. C'EST UN MONSTRE…
GRR
GRR
D'UN AUTRE CÔTÉ, LE PETIT M'A AIDÉE…
…
GRRRRR
BON, OUBLIE…
JE SUPPOSE QUE TU ES LÀ POUR DONNER TON SANG À BIBI ?
OUAH !
OU… OUI !
BIBI DORT COMME UN BÉBÉ LÀ-BAS. JE TE LAISSERAI LUI DONNER AUTANT DE SANG QUE TU VEUX !
MERCI !
MAIS AVANT ÇA, TU DOIS ME FAIRE UNE PROMESSE !

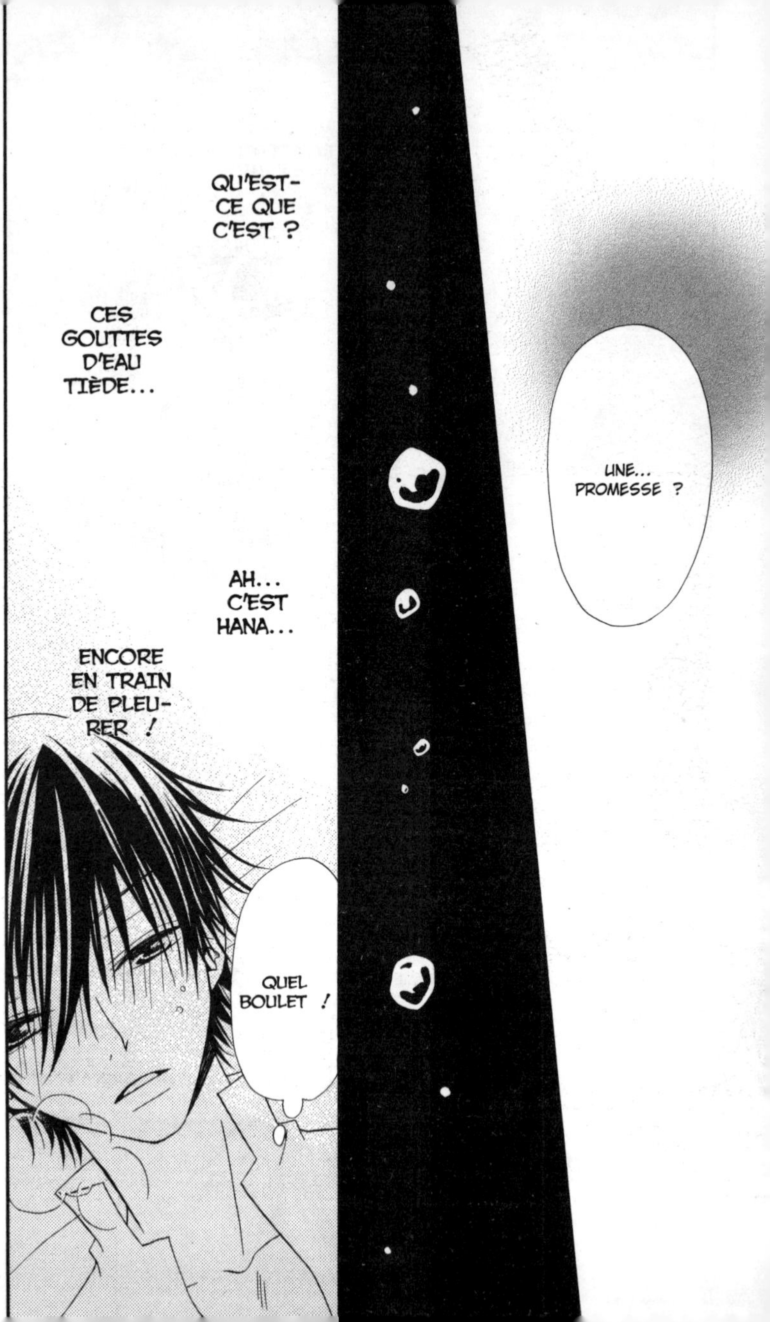

UNE... PROMESSE ?
QU'EST-CE QUE C'EST ?
CES GOUTTES D'EAU TIÈDE...
AH... C'EST HANA...
ENCORE EN TRAIN DE PLEU-RER !
QUEL BOULET !

... HANA ?
BIBI !
Ô, BIBI ! JE SUIS SI CONTENTE !
TU ES RÉVEILLÉ.
HIC...
QU'EST-CE QUE JE SERAIS DEVENUE SI TU ÉTAIS MORT ?
AH... MAIS COMMENT ÇA ?
IL S'EST PASSÉ QUELQUE CHOSE ?
BLIP !
OUH !!
NON ! NE BOUGE PAS !
TU AS UNE BLESSURE TRÈS GRAVE ET AUSSI DE LA FIÈVRE.
... AH...

AH, JE VOIS... ON EST DANS LE CHÂTEAU DU ROI DES DÉMONS...
AÏE... JE VAIS LUI APPRENDRE, MOI, AU VIEUX DÉBRIS, À ME POIGNARDER...
HUR HUR...
AH !
FROT
JE NE DOIS PAS PLEURER. JE SUIS UNE ADULTE, MAINTENANT !
HEIN ? MAIS QU'EST-CE QUE TU FAIS LÀ, AU FAIT ?
HOP !
HÉ ! QU'EST-CE QUE TU FABRIQUES ?
PFF...
BIBI ! TU DOIS BOIRE MON SANG !
C'EST PAS LE MOMENT DE PLAISANTER !

JE NE PLAISANTE PAS ! BOIS VITE ! ÇA VA TE GUÉRIR !
COMME SI J'ALLAIS BOIRE TON SANG !
RHÔÔÔ ! TU ES TROP BÊTE, BIBI !
ÇA SUFFIT LES CAPRI-CES !!
MOI ? DES CAPRICES ?
JE SAIS BIEN QUE TU PRÉFÈRES LE SANG D'AYAME...
... MAIS ELLE N'EST PAS LÀ, ET TU N'AS PAS LE CHOIX !
BOIS !
JE T'EN PRIE !
TU NE COMPRENDS RIEN...
AH !
GWIP !
ぐいっ
ドサッ
SBLOF !

TU ES...
... VRAIMENT SÛRE ?
C'EST POUR ÇA QUE JE SUIS VENUE.

ぎゅ…
GWSH...
バタ
TAP
バタ
TAP

TAP TAP
バタバタ
QU'EST-CE QUI SE PASSE ? C'EST QUOI TOUT CE REMUE-MÉNAGE ?
LE ROI S'APPRÊTE À ENTRER DANS LA SALLE D'À CÔTÉ.
NOUS PRÉPARONS LES LIEUX.
AH ?! VRAIMENT ?!
UNE... PROMESSE ?
OUI, SI TU VEUX SAUVER BIBI...
TU DOIS DEVENIR MA REINE.
SI ÇA PEUT AIDER BIBI...
À SUIVRE...

REMERCIEMENTS SPÉCIAUX

http://cube.pepper.jp/

Scénario & dessin
HISAMU OTO

Traduction
ALICE LACROIX

Lettrage
LARA IACUCCI

ATTENTION !
Afin de respecter l'œuvre, ce volume est présenté dans son sens de lecture original. Vous êtes ici à la fin du volume. Commencez par la dernière page et lisez les bulles de droite à gauche.

Directeur de l'édition française
ALAIN GUERRINI
Comité de direction
A. GUERRINI
A. DENECHERE
S. DALLAIN
Directeur délégué
SÉBASTIEN DALLAIN
Directeur éditorial européen
MARCO M. LUPOI
Responsable éditorial
WALTER DE MARCHI
Responsable marketing opérationnel
MARJORIE TODRANI
Chef des ventes
GUILLAUME COUÉ
Coordinatrice commerciale
VALÉRIE BRYNDZA
Contrôleur de gestion
JÉRÔME TASSEL
Communication et relations presse
SOPHIE CONY
Coordinateurs éditoriaux
MATTEO LOSSO
ANNA RODELLA
Supervision
LAETITIA SAMMARTINO
Rédaction
VÉRONIQUE PARRA
SANDRINE VAUBOIS
Rédacteur
MATTHIAS DAGORNE
Directeur artistique
MARIO CORTICELLI
Conceptrice graphique
SABRINA PIU
Maquettiste
ALESSANDRA LUGLI
Responsable production
ALESSANDRO NALLI
Avec la collaboration de
J. BAGLIO, A. JODKOWSKI, MPG
et de toute l'équipe de Panini.

LA FLEUR DU DÉMON 4
ISBN : 978-2-8094-1740-1

Un ouvrage PANINI MANGA / PANINI FRANCE S.A.
Commercialisation et relations média :
PANINI FRANCE S.A. - Z.I. SECTEUR D - B.P. 62
06702 SAINT-LAURENT-DU-VAR CEDEX
www.paninimanga.fr - presse-bd@panini.fr
Tél. 04 92 12 57 57 / Fax 04 92 12 57 58.